幽 月 集

马磊　著

我愿每个字都是从我生命中走来

哪怕只有一句感慨

可以在人世间一直盛开

吉林文史出版社

图书在版编目（ＣＩＰ）数据

幽月集 / 马磊著. -- 长春 ：吉林文史出版社，
2016.11
ISBN 978-7-5472-3682-6

Ⅰ. ①幽… Ⅱ. ①马… Ⅲ. ①诗集－中国－当代
Ⅳ. ①I227

中国版本图书馆 CIP 数据核字(2016)第 284807 号

书　　名：幽月集
著　　者：马磊
责任编辑：钟杉　陈昊
选题策划：丁瑞　李丽
出版发行：吉林文史出版社
印　　刷：廊坊市鸿煊印刷有限公司
版　　次：2018 年 1 月第 1 版
　　　　　2018 年 1 月第 1 次印刷
开　　本：880×1230　　　1/32　　　印张：5.75
字　　数：180 千字
定　　价：32.00 元

地　　址：长春市人民大街 4646 号
电　　话：0431—86037451（发行部）
网　　址：www.jlws.com.cn

序　言

出诗集尚属首次，虽然每一首诗歌都了然于胸，可实在是写的太杂，没有一条很清晰的主线，所以在诗集整理完毕后，我竟然不知道该给它起怎样的名字。"凡尘枝头"、"清梦如水"、"岁月如歌"等等富有诗意的名字接二连三地被我否决。打我心底来说，从不想把自己的诗歌定格在风花雪月里，我愿自己的每一个文字都是从生命里走来，哪怕只有一句感慨可以在人世间一直盛开。

将《幽月集》定为诗集的名字，实在是一个很意外的决定，连自己也不清楚怎么会有这样的想法，不是因为自己的笔名叫寒幽月，如果是那样的缘由，我也显得太过狂傲了，我想，大抵只是出于对月的偏好罢了。

我的诗与我的人生定位紧密相连，这样的说法似乎有些玄妙。其实每个人的人生都是一个无法明喻的形而上的东西，我觉得把它作为一个词、一个短语去阐述是极其不妥的，它包含了太多太多已知和未知的内容。而我对自己人生的解读也是多变的，没有固定的形式。

　　最初，我希望自己的人生可以是一阵风，有飘逸，有狂放，可轻拂杨柳，可骇浪惊涛。可随着时光的流逝，却发现自己根本无法做到那么洒脱不羁。接下来，我希望自己的人生可以是一串佛珠，淡泊名利，心若止水，却发现自己根本舍不得走出红尘，有太多的情感羁绊着我，似乎还很渴望自己的每一步都在尘世留下些许印迹。那么，我的人生究竟是怎样的呢？这个不是问题的问题纠缠了我好久，我甚至觉得自己有些偏执，谁的人生不是且行且思？

　　那一夜无风无云竟也无星，只有一弯弦月挂在天空，清淡地散发着丝丝幽光，我忽然觉得它就是我。管他世间有多少纷繁，我且如幽月般悠闲而安静的活着。我可以剪一方斜斜的月亮，将回忆再一次绣进梦乡，听山风呼啸蝉虫鸣唱，品味思乡那浓浓的忧伤；我可以让月光洒满我凝望的眼睛，即使那些远方走近的爱情注定不是我的；我可以把月光的毒融入酒里，浅酌畅饮里把玩自己的乾坤，将宿命轮回当作一场修行……而这所有的一切都化作了文字飞进我的诗句里。

　　幽月般的人生里我幽月般的行走，我随意的书写着发自心底的诗句，随意的让它们散发着月的光，时而残缺，时而圆满，时而清幽，时而温暖，时而欢喜，时而伤感。每一种形态都是我生命的一种形式，我愿就这般随性地将自己连同那些勉强可以称得上是诗的文字立体的呈现于世间，任人肆意评点。

　　仅以此文恬为序，慰藉己心。

———— 目 录

第一章　缥缈思绪

一个人站在荒野
仰望星空
在谎言一般的玫瑰丛里
颤抖着曾经忧伤如苇叶的呼吸

毁 灭

让我的黑夜，在火中煎熬的黑夜，赶在
天亮之前快快结束。

——米斯特拉尔

树木枯死了
河流一瞬间裸露
嶙嶙白骨
是黑天鹅的死亡
还是河的死亡？

整个夜惨淡无光
邪恶掌握了我们的命运
远远地，有敲击门窗的声音
死神拄着拐杖
巍巍地走来
墓穴上磷火莹莹，是眼睛
又有声音传来
死神的手探不到这么远
火焰卷上墓地

墓碑焚毁，声音焚毁
黑暗落在火的背后
虚弱地立在坟前

墓地沉下了地平线
邻近几经死亡的河流
鱼骨、水草和干枯的海藻
烧得比油松更旺
灼热的光芒涌流
游荡的鬼魂舞蹈

火焰再次卷上地平线
夜嚎哭
肌肤的焦灼声
伴随腥臭传来
蛆虫蠕动　舔食伤口
夜溃烂，我也溃烂……

从此，我赤身裸体等待黎明
好让这一切毁灭伴随光明
消逝
毁灭……

1995 年 8 月 19 日

流 亡

> 划着十字跨入陌生的房舍，我的心忧伤得怦怦抖瑟！
>
> ——伊凡·布宁

秋天荒芜的让我心颤
这个季节所有的信仰都已死亡
不管是上帝还是安拉，都与我一样
没有归宿
只带着自己的信物，流亡

一路经过河流、森林、沼泽
天鹅湖不再喧嚣
克尔伯毁于一炬
我以泪拭面
最后的归宿迷失方向

我手持《圣经》继续流亡
"一切失去的都将获得重生"
一个声音自阴暗的角落传来

循着声音，我在麦加城旋转不停
行囊都扔给穷人
信仰都扔给穷人，
我赤身裸体独自流亡

远离了麦加
我的眼睛失去了光明，
上帝和安拉将手放在我胸前
此刻他们亲如弟兄
神圣的力量让我忘掉伤痛
眼睛透过黑暗，延伸
目光触及的化为沃土
背光而生的凝为岩石

敲响紧闭的茅屋
神秘的女巫唱起梵歌
我走进陌生的房屋
虔诚的祈祷，梵歌再次响起
心忧伤的怦怦颤抖
于是，我扔掉饭钵
不再流亡！

1995 年 8 月 20 日

与死亡对照

重重的枷锁

链过天河

分开两个星空

一样的黑暗

没有风

最初的月亮滑过处女纯洁的皮肤

泛起一阵阵躁动

夜沉醉

乳峰颤动

托起两盏明灯

黑暗褪尽

手插进土壤　触摸死亡

触摸萎靡的灵魂

从黄土中泛起凝重的气氛

飞天坠下了云端

飘带寸断，一阵呻吟

一块墓碑埋葬两种伤痛

战马嘶鸣

践踏过凋落的花瓣

黄色的肉体高涨欲望

诱惑，直至冰冷

一个声音从地下隐隐传来

手探过鼻孔

深邃的眼神闪烁在墓碑前

一个人站在荒野　仰望星空

远方的灯熄灭

身披白纱的少女

在谎言一般的玫瑰丛里

颤抖着曾经忧伤如苇叶的呼吸

1995 年 10 月 13 日

诗人和爱情

蛇靠的是蛇信和草丛
诗人靠的是灵感和爱情
在这个冷酷的世界
诗人若能轻易取得名誉
他们是否也会像蛇一样
狡猾而残酷的捕捉爱情
然后以嘲笑着的姿态
抛弃曾经悱恻缠绵的恋人？

在这个现实的世界里
诗人或许贫穷的只剩下
浪漫的爱情
就如蛇，只剩下
隐没的草丛
可我知道
他们从未为了名誉失去本性——
追求圣洁的爱情和挥动手中的笔
他们眼中的光彩
从浅浅的诗行中溢出

撒给那些美丽的女孩
然后在她们狂热的爱情中
提炼深情的诗句

作为不是诗人的你们
不应指责他们的多情
假如世间没有这些星辰的子孙
你怎能欣赏到美妙的诗文
假如世上少了这些天外飞来的精灵
你怎能品味到浓浓的爱情

1996 年 2 月 1 日

词

词
诞生于人性
生长于无边的、高涨的欲望
翻滚着
从嘴唇中或手指下飞出

从父辈或更早的祖先的头颅
从轮回的种族繁殖
从痛苦的呻吟中
词象一粒种子
在荒野空旷的土地中疯长

奔逃的鹿群，惊悸的眼神
祖先们打着手势扩展了词
象子弹射入鹿的身躯、骨骼
铭刻下永恒的印记

在人们穿上衣服后
词也穿上了虚假和恐惧

它开始在人的手指下
变换自我

兽骨似乎已成为一堆废物
只充当着历史沉淀的角色或
考古学家渊博的饰物
词却有了活力
它不停孕育着、变换着
渗入空气中的每一个分子
人类所有的语言和行动都
打上了它的烙印
它延伸到人的躯体、血液、每一个细胞
于是乎，不止嘴唇和手指可以表现
连眼神也成了一种词语

我掂了掂手中的词语
并不太沉重，却无形
哦，不是无形，而是时刻变换着形状
于是，我把它盛入酒杯
摇晃着、端详着
然后一口饮下
让它在我的肺腑中跳跃着
随后一句句话、一首首诗
从我的喉间、指尖滚落

象石头从山坡滚下，隆隆作响

夜里，我梦见
人类第一个词嘟囔着：
"这怎么行？这怎么行？
是人类控制词，还是词控制人类？"
我惊醒
却发现——
稿纸上已写满了纷杂的词语

1996 年 6 月 28 日

鸟之死亡

如果一只鸟死了
声音将被带走
正午的睡眠在鸟声消匿后
呼吸渐渐均匀
没有声音
对我将是多么残酷的考验

如果一只鸟突然消失
空出的地上只留下几根凌乱的羽毛
我在雪地上盲目的寻找
幻想从雪上纷杂的脚印
觅到鸟的踪影
又有鸟巢被风吹落
砸在我的头上
此时，谁能说清
这是我的不幸，还是鸟的不幸？

在这个死寂的冬天
死者的亡灵难以入梦

鸟之亡灵也难以在枯枝上
收拢生前的翅膀

黑暗中，嘴唇在相互寻找
掩盖着寂静中慌乱的尖叫。

1996 年 12 月 17 日

第二章　情思荡漾

疼痛，渐渐爬上钩月的窗棂
月光洒满我凝望的眼睛
那些远方走近的爱情
注定不是我的……

友谊不能忽略

天空已退为一种背景
火红的太阳落下山岗。
田野里一片荒芜
玉米高粱在收割后的土地上
残存着几根孱弱的脊梁
那些古老的耕作艺术
在平凡闲淡的生活中成为笑谈

我们始终在寻找一种
能令自己灵魂轰然洞开的东西
至于别人的笑脸很勉强，那是别人的事
我们只管把自己的生命放牧的很肥
去野外散散步
感受纯天然的气息

当粮食也变得缺乏
人类开始能听懂鸟语虫鸣
那时，友谊将变得不能忽略
像粮食、生命一样宝贵

至于以往喜爱的那些艳丽的花儿
就让它们默默的枯萎凋谢
你会感觉到空洞虚无的生命力
也张开了焦渴的嘴唇四处寻觅
还剩下什么值的我们珍惜
这个问题不再是人类时刻询问的重点
我们只能反射式的守护着友谊
让它慰藉自己空洞的心灵

一个诗人写一首诗歌
总是企图抓住什么或者隐藏什么
阳光灿烂的日子
我拿着笔在粗壮的橡树上
写下一串无法释义的乱码

1997 年 1 月 28 日

心中的大鸟

热血的日子
你从金庸的侠骨柔肠中振翅飞来
左翼载着刀光剑影豪气冲天的江湖
右翅托着悱恻缠绵荡气回肠的爱情

力挽神弓
射出的是一往无前的忠诚
落下的是与子偕老的柔情
独臂轻挥
唤来的不止至死不渝的伙伴与爱人
还有峨嵋山中苦恋终生的眼神

花落的年景
端坐寂寥的窗前
我在茶雾缭绕中寻觅
属于我心中的那一只大鸟……

做那只幸福的羔羊

西风剪过枯败的草场
雁群在遥远的南方
盘旋、徜徉
舞一支孤独
奏一曲忧伤

背上行囊
远离贫瘠的家乡
我怀揣梦想在憧憬里游荡
满眼都是对幸福的渴望

夜被月漂的发亮
杜鹃在吐芽的草尖上
歌唱
我在泣血的旋律中流浪
找不到回归的方向

走过戈壁
趟过小溪

大雁归来时我途经草场

初生的羔羊吮吸母亲的乳房

那忘情的动作

让我看清了幸福的模样

我愿在水草丰美的原野

牧肥自己的生命

我愿抛开华丽的衣装

赤裸裸的

做那只幸福的羔羊。

致兄弟

那些年
我们一起奔驰在球场上
一起让白酒辣出泪花
一起逃课、吹牛、打扑克
一起挤眉弄眼神经八卦
一起讨论谁是她的他谁是他的她

一起半夜钻进水房偷煮清汤挂面
一起抢过兄弟的肉酱就着水喝汤
一起蒙着脸站在女宿舍楼下唱歌
一起光着膀子被罚半夜操场跑步
一起围着桌一把勺子轮流吃饭
一起蒙着被一支手电照着复习

一起努过力组建自己的中专文联
一起发过誓要超越那些所谓作家
我们一起嬉笑怒骂跌爬滚打
一起度过人生最珍贵的年华

那些年，与兄弟一起

我们热血沸腾无所畏惧

那些年，有兄弟陪伴

我们岁月如歌忘了想家

那些年，和兄弟携手

我们梦想无限意气风发

那些年，我们就是那么懵懂而诚挚的

任一声兄弟在青春的征途上遍地开花

当离别的号角突然吹响

仓促的心慌乱的无处可藏

那一天，酒瓶打翻月色

打落一地的惆怅

那一天，我们背上行囊

将彼此贴身收藏

本以为只是放个小假

却不想从此天各一方

当岁月渐次老去

往事日益清晰

我们偶尔也会聚在一起

在酒醉中寻觅往昔

时光无法回去

兄弟不能再如从前那般

挤一个被窝一双筷用餐

可兄弟不是一瞬灿烂的烟火

而是一幅情义恒远的画卷

从此后

兄弟春风得意

我便轻缓马蹄

兄弟囹困落魄

我自扫榻相迎

朋友，好久不见

你说相见不如怀念
我轻轻的笑了
守在丰腴的日历边
盼着它一片一片凋落
飞舞成漫天枯瘦的黄叶

你说相见不如怀念
我轻轻的笑了
拿出无尘泛黄的相册
一页页翻过陈旧的记忆
看时光流淌，看梦里花开

你说相见不如怀念
我轻轻的笑了
阳光灿烂的日子
摊开一地的信件
晾晒那些字迹模糊的思念

你说相见不如怀念

我轻轻的笑了
如果流星许诺可以实现
每个夜晚我都会无眠
祈愿我们能天天遇见
哪怕相对无言
哪怕互相埋怨

只为了道一声：
朋友，好久不见……

我的花儿

你说爱是放眼花园满目春色
不需约定便闯入眼帘的那一朵
我笑一笑不愿说
害怕朦胧的视线将花儿看错

你说爱是穿过争艳的花圃
微风轻拂花瓣纷纷散落
最后赖在你怀中的那一抹春色
我笑了笑不愿说
害怕碾落成泥的颜色让我难过

在春花摇曳的世间
我是一个自私冷漠的过客
在身边燃起防御的火
把四季的花儿全烧个干净
只留下一朵把她栽在我心窝

花的歌在水中央

如果你依旧行在路上
在二月春风的裁剪下
散落一地的芬芳
那么，我会轻轻将你捧起
在心头摆成欢喜的模样
美丽而忧伤

如果你依旧飘在天上
在冬月寒潮的雕琢下
凝结漫天的风光
那么，我会慢慢将你融化
在唇间品成淡淡的清酒
迷醉而惆怅

即使你绽放在窗上
我也会将这精致临下
别在胸前
祭奠不可回转的时光

可是我不经意的遗忘
遗忘了那静谧的水乡
那里虾儿嬉戏，那里鱼儿欢畅
那里没有喧嚣没有烦恼
只有纯净水般的女子恬然微笑

花的歌在水中央
应和她安静的舞蹈

那些花儿

有多少世扯断轮回的线

你在清风明月中孤独的盛开

孟姜女寻夫哭倒长城

你在城墙根儿泣落一地花瓣

梁祝魂断化蝶飞舞

你在桥上怒放撑起爱情逗留的芬芳

卓文君夜奔寻相如

你在田间吹起追求幸福的喇叭

昭君出塞传播文明

你沿着草原长成播撒文化的格桑花

你从历史的河中一直开到现在

落在天空舞成翩跹的雪花

落在纸上弥漫浸墨的风雅

落在心头凝就半亩的花田

任一朵朵稚嫩的花儿

在灵魂上热烈的开放

冬雪落尽春风轻盈

那些花儿在水中愈来愈可爱

站在夜色探不到的拐角

我热切的眸子看到

那些吐露幽芳的花蕾

从梦里开到梦外

从荒野开上窗台……

这个夜晚，我为诗歌而哭泣

你本是扎根土壤的一株食粮

在岁月的流里

把朴实的心灵喂养

乡野小巷、市井酒坊

粗糙的目光中你也曾丰腴茁壮

而如今，你被捧放在悬崖绝巅

干枯的根裹上金装

你活在世人仰望的目光里

满心凄凉成就所谓诗人脱俗的高尚

你本是开在尘世的一株凡花

在传唱的诵里

将美丽的灵魂绽放

高山河流、星空大地

深情的呼唤中你也曾瑰丽辉煌

而如今，你被端放在宗庙高堂

娇嫩的花罩上水晶

你被摆放出各种抽象的姿态

隔断凡夫伸手可及的手掌

我知道自己生性的平凡

这个夜里，我再不敢用诗袒露胸怀

如果没有一壶酒

凡人们吟诵不出一句完整的诗

如果没有一壶酒

我们只能低头说着白话

这个夜里，我梦见贾岛哭倒在农夫推敲的门外

李白醉卧在呼儿将出换美酒的尾音

陶渊明歇息在清爽悠闲的南山下

沈从文站在"知道你会来，所以我等"的路口

梁实秋、席慕蓉、王茂、徐志摩都吟着

我能听懂的词句

我不知道那是否算是诗

如今，我有好久看不明白

诗人们奇骏陆离的句子

我只能默然

我只能捂住自己的嘴

在这个夜晚，为诗歌偷偷的哭泣

寂寞的豆芽

游荡的脚步踏落夕阳
漂泊的心布满月光
街灯次第亮起
车水马龙中我把影子拉的很长很长

走进街角那家熟悉的店
浓郁的香爬上孤独的唇角
寂寞的豆芽在锅中翻滚
沸腾的温度点燃寂寞的心

优雅的乐曲将店浸的温馨
昏暗的灯光把心抚的安宁
执一双悠闲的筷子
我在香辣的汤里翻拣自己的人生

我是一颗寂寞的豆芽
翻滚在五味杂陈的世间
海鲜绽放华美的时节
我藏在锅的角落里等待

等待渐趋平淡处有人将我打捞

我是一颗寂寞的豆芽
寂寞的守着不想变的芳华

当你老了

当你老了，走不动了
坐在向阳的窗户旁眯着眼
你是在仔细端详岁月的皱纹
还是在抚摸记忆里儿女的面庞

当你老了，走不动了
躺在厚厚的被窝里打着盹
你是在不停怀念故乡的火炕
还是在反复熟悉未来走不出的黑暗

当你老了，走不动了
宁愿关着灯靠在椅背上发愣
不愿坐在子女家沙发上说话
你是不喜欢子女家的喧闹
还是想着把这吵闹打包回家
冲淡老屋的冷清与孤独

这一切的一切
我都不懂得，也从未去懂

我只是急着冲出了那间旧巢
翱翔在自己喜欢的那片崭新的天空
我以为自己拥有健壮有力的翅膀
便是你全部的成就与梦想
为了这份自以为是
我挥霍着本应与你相聚的时光
无视着你无故打来的唠叨电话
直到你老了，走不动了
我才发现你离我越来越远
而你的世界我依然不懂
怎么学也学不懂

或许，当我老了，走不动了
坐在向阳的窗户边
躺在厚厚的被窝里
黑暗中靠在椅背上
将你的人生重新回放一遍
在累世的轮回中我会懂
原来，你是我的前世
而我，永远是你的今生

夜 思

今夜，我的屋没有月光
也不让灯打扰妻儿的梦乡
坐在窗前，听风诉说千百年的过往
玻璃上轻淡的窗花是我遗失的诗句
模糊又惆怅

远远看见——
西施溪边浣纱
醉沉了的不止是鱼儿
还有范蠡纵马载来的晚霞
玉环羽衣霓裳
舞热了的不止是诗歌乐曲
还有刺破世俗的惊艳爱情

貂蝉月下香消
昭君塞外断魂
多少年王朝的兴衰怎压在
如此纤巧的腰身

疼痛，渐渐爬上钩月的窗棂
月光洒满我凝望的眼睛
那些远方走近的爱情
注定不是我的……

我愿……

我愿在茂密的森林里
做一株纤弱的野草
沐浴着无拘无束的风雨
再艰难也挺着腰
周围壮实的树木为我遮着风
也挡住了阳光
透过缝隙我吮吸那光亮
沿着树干不断攀
朝着梦想的模样生长

我愿在宽广的大海上
做一叶单薄的孤舟
迎接着连绵不断的波涛
再颠簸也不忧愁
前方威武的航船为我开着道
也挡住了岸上的眼神
吻着海面我不跟随航线
由着自己渴求风景的心
朝着远处的灯火漂流

我愿在这激情澎湃的午后
坐成一处无人注目的角落
气势恢宏的交响乐里
我是听不清的一丝和音
缓缓展开的新诗篇中
我是不起眼的一个标点
躲开刺眼的闪光
蔽掉震耳的掌声
赞美与欢呼与我无关

我愿我就是我自己
即使写诗也是我想要的
呼唤……

我不会说话

小时候，我喜爱说话
目光所及都是我言谈的基地
精彩处有掌声犯傻时有笑语
我用笨拙的口舌描绘
心中的梦想和世界的美丽

长大后，我练习说话
总把满腔的情感酝酿又酝酿
然后化为华丽激昂的语句
慷慨有力的将它们抒发

而现在，我不会说话
近视的双眼看不清世间的真假
笨拙的口舌驾驭不了绽放的莲花
心事只愿在笔尖盛开
那片片洁白的纸张没有虚假
它可以完整的将我的情感接纳

如果我看着你微笑不语

请原谅，我不会说话
笑与默然就是我善意的最好表达

太阳晃的我眼睛好疼

迎着光前行
是我热爱的事情
任由亮溢满胸膛
将阴影甩在身后
不让它牵绊我的行程

迎着光前行
是痛彻灵魂的事情
模糊的视线在炽热中消融
我看不清前方的风景

迎着光前行
是需要执着的事情
强睁着双眼
寻觅心底渴望的真相
他人的抑或自己的
国家的抑或民族的
光就是犀利的刃
将伤口一层一层剔开

那热辣辣的血液从我的双眼奔腾
折射出七彩的虹

迎着光前行
太阳晃的我眼睛好疼

友情害怕疼痛

真好，我们还可以团坐对饮
揭下对外虚伪的面具
满脸那些年的稚气
夹了一筷又一筷的回忆
喝了一杯又一杯的情谊
清澈的酒液满是酸涩
涌上了心
蒙上了眼

疼痛遮蔽了其他感觉
我只有挺直腰身
即使一挺就是一生
友情害怕疼痛
终有一天友谊的花儿会在
不同季节开放
我将走不进你们的区域

那时我就做一株野草吧
挺直了腰身注视你们的绚丽

哪怕弯腰就可以拂上周边的花儿
我也不屑
因为我怕疼

我愿是一棵白杨

我愿是一棵你近旁的白杨
长成守望爱情的模样
微风中你衣袂飞舞
漂白我一身戎装
伸出满树与云相握的手掌
抚摸风的头发
我没有移情别恋
只因为那流动中有你醉人的芬芳

我愿是一棵瘦削的白杨
即使不再挺立于你的近旁
消耗掉所有汲取的能量
我向着云端生长
只为时时能看见你往来的身影
只为你可以完全将我拥入怀中

我愿是一棵沉默的白杨
哪怕再也看不到你的面庞
摇晃着枯干的臂膀

在风中忧伤的歌唱
远来的小鸟捎来你的消息
你早已披上枫叶的衣裳
我拼命的撕扯自己的胸膛
期望能穿上相同的红装

我是一棵安静的白杨
卧在你流连过的地方
爱情已经不会像风一样的游荡
等待的心满是沧桑
那件青春时为你而做的白装
已在岁月中泛黄
唯有那浑浊迷茫的双眼
依旧凝视着你回家的方向

为 你

我的眼为你而萎缩
看不到春光和夏花的交错
只摆放一袭红纱
把瞳孔勾勒
伸开无力的双臂
掬一江碧波挽几只春燕
询问你的下落

我的口为你而枯涩
唱不出爱情与友情的欢歌
胡乱写几句新词
任容颜消瘦
漫过铺满韵律的小路
荡漾的涟漪也是哀愁

我的心为你而狭小
容不下思想和欲望的生长
枯了俗世的纷扰
只为你两腮粉红一抹水袖而肥沃

我的房为你而空荡
不接纳熙熙攘攘的过客
只收留偶尔歇脚的晚风
捎来你萦绕魂梦的暗香

如果我不爱你

如果我不爱你
心就会格外奔放
连语言也会如花美艳
如酒醇香

如果我不爱你
会随口说出许多伟大的愿望
那些丰腴的梦想
会自然长成你期盼的模样

如果我不爱你
会将多情的吉他弹响
让炽烈的情歌
在你虚掩的窗下反复回荡

如果我不爱你
只是寻求片刻的欢畅
这些浪漫的画面
都会加上精美的包装

甚至连手机的话筒
也会越来越滚烫

可是，现在
我静静地坐在窗前
向着你的方向静静凝望

如果我爱你

如果我爱你
不会浮躁的扰乱你描画的意境
不会虚伪的诉说爱你自然的真
我愿静静等待
你给我最迷人的颜容
那不是对美貌的贪恋
只是希望你一直保有精致生活的心

如果我爱你
不会将甜言蜜语时刻挂在嘴边
不会将永远许诺成爱你的期限
我不知道永远到底有多远
能否抵挡住生老病死的威胁
我只想把每一天当作末日去度过
在看到你的日子里认真地看你

如果我爱你
不会刻意策划各类情人节的惊喜
不会丈量你爱我是否和我爱你一样深

我会将爱情发酵
醉透我们在一起的所有光阴

如果我爱你
不会一味地追求诗和远方
不会说爱情是一个人的事
我会努力的妆扮好眼前那些
所谓苟且的生活
爱情是相互愉悦的胎儿
我不会自私的让你承受无爱的负重

如果我爱你
不会急匆匆向你表白
我只想踏踏实实地去爱
只想让你每一天都过的从容

走过周庄

我不敢说爱你
生恐惊扰你清纯安宁的心境
水平静的泛不起一丝涟漪
在你善睐的眸中
我看见江南的身影

乌篷船轻轻悠悠
乘载过千年的爱情
阿妹摇着橹
哼唱着古老动听的歌谣
摆渡一河惆怅
摆渡慢慢的时光

古老的印痕刻满房梁
你在斑驳的色调里
怀念悠久的岁月
浸染青苔的岩石
镌刻多少唐诗宋词
又有谁执一支长笛

吹响那曲小桥流水人家

走过周庄
我遗忘了秦淮河厌倦了后庭花
所有的忧伤如一江春水东去
那些镂花的格子窗上
写满一个个缠绵的爱情

如果有一天我不在家
你就来周庄找我
我必定在幽仄深远的小巷守望
那滴落水珠的油纸扇
那丁香花一样的姑娘

整座城市在雨里

整座城市伫立在雨里
空气中弥漫暧昧的气息
微凉的水滴拂在脸上
潮湿的爱情爬进心里

我将伞握在手中
想象着江南小巷湿滑的幽径
斑驳的苔藓湮灭在车轮下
溅起一串串忧郁的风景

远处的小店传来《丁香花》的歌声
行人匆匆
他们的丁香花或许早已凋谢在
岁月的尘埃中

打开伞，我融进那片流动的海
不再想，谁是谁的谁
谁在谁的伞下
谁在谁的心中

写在毕业二十年的诗行

曾经,我们用二十年学着长大
用课本折叠儿时的梦想
用友谊绽放青春的娇花
用笔尖临摹光阴的轮廓
又将爱情用微笑与泪水描画

怎能忘，巍巍楼群间萦绕的浩浩师魂
怎能忘，三尺讲台上演讲的铿锵激情
怎能忘，练功房里指尖跳跃的美妙旋律
怎能忘，生宣纸上笔峰挥洒的横竖撇捺
怎能忘，推普课中乡音点燃的哄堂大笑
怎能忘，生物课堂青春懵懂的尴尬眼神

如今,我们用二十年反复牵挂
一边学着遗忘，一边想着相逢
学着放开别离的苦痛
学着攥紧相聚的甜蜜
那一幅幅画面一丝丝声音
凝结成我们不褪色的记忆

不愿醒的美梦

总想起，老师诵读诗文清灵的声音
总想起，同学嬉戏天井纯净的笑容
总想起，食堂里香味四溢的肉三丁
总想起，小花园人影绰绰的玫瑰丛
总想起，纸条上日记本偷偷记下的爱情
总想起，操场上宿舍里摸爬滚打的弟兄

岁月无痕步履匆匆
我们还会有几个二十年可以任性
但愿记忆里永远是那张不变的面容
我目光炯炯你笑意浓浓
那如潮涌动的风景里定格的一帧
便是我们生命中永恒的青春

我写诗

我写诗，依旧喜欢用笔刻在纸上
那轻巧的笔不停跳动
随意地甩出晃眼的锋刃
一刀刀雕琢我柔软的灵魂
那些没有规律的划痕
胡乱描画的图案
会抽出丝丝缕缕浓厚的情感

我写诗，学着变得直白
不再用华丽的外衣
遮挡丑陋的真实
不再用抽象的字眼
标榜思想的深邃
我害怕那浸满心头鲜血的诗歌
沉没在迷惘不解的眼神里

我写诗，开始渐渐慢起来
不奢望匆匆汇成诗歌的海
淹没生活中随处可见的留白

我愿每个字都是从我生命中走来

袒露着真诚，绽放着热爱

即使有一日我消失不见

仍然有我的一首诗

不，哪怕是一句感慨

可以一直在这红尘人世间盛开

外面开始下雨

风没有尖利的嚎叫
云没有疯狂的撞击
天空就彻底濡湿了
街道上空无一人
积水缓缓流淌着，偶尔打个漩
只有电子音透过窗子
反复叫卖

墙角的几只狗蜷缩着
互相懒得打招呼
或许它们已经忘了曾经牵过它的绳
或许那根绳早已忘了还有这只狗

我倚着窗台望了很久
没有人打着伞走过
更别说有没有丁香的颜色

外面开始下雨
雨中的一切都很真实

没有多优美的意韵种植诗句
或许是我的心比较贫瘠
不像戴望舒、徐志摩那样自带浪漫的心境
可以让雨水浸透思想
长出美丽忧郁的小花

外面一直下雨
只是下雨而已

我的眼睛干涩

我的眼睛干涩
看不到湿润的人世
夜在风沙中泛灰
有人说那是我眸子的颜色
那弯清幽依旧在星光旁
寂寞的盛开
我知道它只是想将我伪装的热情
冷却、漂白

茶早已冰凉，一起的
还有那些绽放在嘴边的感慨
我一度执着的把它当作诗歌栽种
捧在胸前等待花开

太多的掌声与喝彩让人摇摆
成熟的季节远未到来
我们却将生命过度透支开采
那些竭力拔出的思想
青葱的不会久长

不要将冷落责怪
世上毕竟没有一直澎湃的海

我的眼睛干涩，爬不上诗的山崖
那一丛丛牧肥的花朵
吸饱了血挤干了泪
我本以为那是响彻灵魂的天籁
不料只是浮在眼睑的痛与悲哀

生命不需要刻意的彩排
听从心的吩咐，冷静沉淀下来
有人选择面向大海春暖花开
我拥着那轮寒月
任宁静的芬芳沁透心怀

琴弦上的眷恋

——致奇普里安.波隆贝斯库《叙事曲》

月，像凄烈的风雪
冻结了地中海辽阔的海面
我可以守在静谧的夜里
描画最爱的容颜
可是，她已经看不见
看不见

最美的华年本该有最美的遇见
我们的爱情盛开在波尔多瓦的田野
我笨拙的手拉出慌乱的曲调
你就将优美的身姿舞上了琴弦
多想，就这样把画面凝结
我们的世界永远是春天

一场雪摧毁了一切
你和故乡只能在梦里出现
我想伸出手抚摸你的脸
可那铁门隔断了我们的世界

我只能把思念放上琴弦

托漫天的雪花捎给你

外面的灯光渐渐亮起

想让我干涩的眼透过黑暗看到你

白雪掩住了血迹斑斑的地面

却掩不住我对你对家乡对祖国的爱恋

总有一天，总有一天

自由的光亮会划破长夜

将压迫、恐惧、黑暗彻底毁灭

谁不热爱自由

谁不渴望独立

这冰冷的栅栏只是圈住了黑夜

圈住了企盼阳光的眼

我不埋怨，我不埋怨

当我把生命拉进琴弦

上帝就在我滑过的指尖

月，吻上了平静的海面

像渐渐熄灭的生命的光焰

再见，我最深爱的姑娘

再见，波尔多瓦迷人的夜

我把灵魂连同小提琴一起

奉献给多情的地中海
海水流淌到哪儿
哪儿就有我永恒的眷恋

我们的神秘园

风掀起挪威森林的翅膀
精灵在树叶上舞蹈
踩碎一叶梦幻的阳光
远处有清澈的小河流淌
小船像落叶漂浮在水面上
荡漾，荡漾
长着鹿角的少女站在船头
闭上海蓝色的眸子歌唱

天空仿佛是着了火的模样
云朵一直燃烧到我们的身旁
那绚丽的色彩从太阳描画到月亮
还有迷离的星光缀满我们灵魂的窗

雨打湿爱尔兰娇羞的脸庞
心灵的碰撞不止擦出爱情的火花
还有琴键与弦编织的梦想
听，那支舒缓的曲已迷醉夜的心房
看，神秘园的景色开始弥漫着忧伤

现在，请闭上眼
让我们一起听从灵魂的指引
放下迷惘与匆忙
在属于自己的神秘园里
歌唱，飞翔……

塞外一缕江南风

——写给彦青

你在料峭的塞外

一把伞撑起了江南的风韵

没有幽深的小巷

不需如丝的细雨

倚着门，你便开成怒放的蔷薇

傍着水，却又娇羞如欲绽的莲蓬

你在飘雪的塞外

一支扇漾起了微醺的暖风

吹红了桃花吹粉了杏

吹皱一江春水一季思情

你娉婷摇曳的身影

飘入几人春梦

你清波流转的眼眸

醉了多少君心

当你如娇艳的梅映红了飞雪

江南的田野上春色妖娆

当你若多情的雨唤醒油纸伞
塞外的迎春花随风舞蹈

你眉目含笑长歌而行
左手掬着婉约清雨
右手牵着豪迈浊风
你皓腕微悬纤指轻灵
弹一曲春江花月夜
画一幅大漠孤烟直

你是美的精灵
你是大漠上旋起的
江南风

今夕何夕
你迷离的眸中
我忘却了来时路归时程
抬眼轻望
你遮闭明月醉了东风
俯首沉思
你羞落芍药乱了红尘

一袭青花自芬芳

——写给月如钩

你站在窗前
明月就无处落脚
即使远远躲进树梢
也把清幽的目光悄悄
萦绕在你青花瓷般的身上
朦胧而缥缈

你站在桌旁
红梅就傲然绽放
伊人执笔墨染绢芳
任雅韵弥漫
任春光流淌

你站在原野
花草就莫名欢畅
衣袂翩飞你轻舞霓裳
罗扇飘香你醉落夕阳

你握一卷书素洁凝香
蕴满目纯情满心恬静
浅浅行走于唐诗宋词之上

你执一支笔皓腕轻扬
字字飘逸如风
句句婉转惆怅
任花开花落春来秋往
任满纸韵律静静开放

你站在青花瓷旁
青花就在你魂上芬芳

第三章　四季欢歌

蹚不过去的河暂且留给来生
这一世我们便流连堤岸
趁相思还未刺穿我的心脏
趁我还未老到将你忘却
画下你的轮廓
挂在我胸前

人面桃花笑春风

一夜星光饮醉了南海
春风已潮湿的泛绿
柔嫩的叶惺忪的眸子里
早已开透一枝一枝丰满的桃花

春是躁动的季节
到处荡漾着暧昧的光
去年枯瘦的芦苇被熏的丰腴起来
执轻风吹响爱情的长笛

阳光在枝的缝隙间迷离
红尘的纷扰被鸟鸣熨的舒贴
日子开始变得平静
那些人面桃花
映照的比去年还要艳红

绿钉在水面上
太阳也趴在水面上
或在等待桃花落上脸颊

默默，不着急
反正他有大把的时光

我们也可以这样虚度
不去管岁月是否匆匆
不去管明日是否烦扰
趁着风儿正柔阳光方好
嗅满腹桃花香
任心儿在芬芳中妖娆

桃花吟

饮了这杯四月风
让绿爬上心扉红落上双唇
连灵魂上的经络
也淌满青春与浪漫的气息
桃花醒了

今生
你可以毫无顾忌的在我眼前舞蹈
转一个身便掀起几千年的春情
崔护爱的是他错过的姑娘
你只是那一抹香魂的背景
唐寅曾爱你至深
小院里满是你丰腴的身影
可为一个秋香他喝醉了春夏
疯癫了秋冬
你又沦为他潦倒后换酒的资本

唐宋的那些才子们太过风流
将你的娇羞传遍九州

他们都是过客啊
不愿为你驻留
将你污作命运里纠缠的红颜劫难
诗词吟诵，丹青泼墨
流传至今

我已历经宿命的轮回
我戒清酒已超越千年
我停止了歌唱遗忘了泼墨
我背弃了诗词远离了曲赋

我将每一世的诞生选定为四月
只因为整个四月就是你的一生
我将几千年的心性浸泡的忧郁
只为附和你曲终人散后的清冷

你可以在我的世界里率性而为
奔放的舞姿将一季东风羞红
待你疯累了沉睡
我便傍着消瘦了的碧水
日夜啜饮桃花茶
等待你下一世的来临

眼儿媚

那一枝梨花带雨
挂在春的前襟
没有蝴蝶用翅膀
拂去花瓣边缘的春光
困人天气，饮醉在花底
连午梦也漾满了香

油菜花漂黄田野
漫过清新的五月
我却将目光甩在江南的艳阳天
小荷的尖角勾引蜻蜓迷乱的眼
同我视线的鱼钩缠绕
一起垂钓那一片欲皱还休的湖面

围河而立的芦苇
吹起二尺长萧
未曾越过龙门的鲤鱼
在苇根上荡着秋千
和着清淡的曲声舞蹈

那枝梅花站在寒风顶梢
面若清霜眉眼娇俏
沐浴过出离红尘的香雪
才散发骨子里的妖娆

谁家的眼儿媚
哪一个更牵君心
凭着我打马走过四季的眼

谁说我们已老去

——写在"五四青年节"的诗行

谁说我们已老去

谁说我们额头的沟壑已埋葬青春的印迹

谁说我们的双眼蒙上岁月的雾霭

无法燃起炽热的火焰

谁说我们的心沉重的扬不起年青的欢愉

谁说生命是场单程的旅行

我们已匆匆走过再无法踏上青春的站台

谁说我们只能在梦里流着泪

抚摸记忆里那些曾经鲜活的灵魂

行走在五月四日的阳光下

畅游在浩瀚的历史长河里

我看见青春的光芒四处闪耀

那不只是生命里一段易折的娇嫩时光

那是不屈的意志、保鲜的活力

怀着热爱生活的激情

我们就是青春

向着梦想大步踏进
我们就是青春
拥抱阳光抚摸清风亲吻自然
我们就是青春
撷取书香滋润思想
我们就是青春

年轻的心没有什么可以阻挡
只要我们自己不放弃前行
脚步所至都是青春的战场

节气组诗

（一）立春

否极泰来
寒冷到了极致
就立春了
草芽在冻土下积攒
出世的力量
那浅浅的嫩绿已爬满
冬的整个心脏

青鸟从远方飞来
掠过梅雪的芬芳
衔来一握暖春
啁啾声扰乱整夜整夜的宁静
山依旧深沉
雪白的长衫披挂在身
谷内的鸟儿已换上新衣
用柔顺的双翼荡漾起
飘摇的春情

黄河尚未龟裂

等待一夜东风吹破冰封

鱼儿已在水底骚动

不知是欢愉

还是惶恐

春天来了

从江南清寒的雨巷

缓缓走来

一路窈窕妩媚

一路蜂鸟随行

塞外的风依旧凛冽

只不过粗犷的眸子里流露

丝丝温情

等待的心不着痕迹

在面向南方的艳阳里消融

春天来了

春水还瘦

大雁还未归

在绿茵茵的春风里

向北飞……

（二）雨水

立春吹响解冻的号角
雨水撒下萌动的春潮
鸿雁忍不住思乡的痛
向着故土的方向飞行

远嫁的女儿炖一罐香肉
同母亲一起品尝家的味道
雨水至
万物生
春渐浓

（三）清明.我把风放在四月

柳枝青了吗
桃花开了吗
燕子回来了吗
询问的声音接连响彻我的梦境
对不起，我又忘了你们已看不见
没有及时将春摆在碑前

湿润的土壤养肥了阴暗的界面

那一边没有干爽的风、明媚的光

疯长着黑的草黑的花黑的水黑的容颜

灰色的眸子渴盼撕裂三生的膜

放一缕绿风进来

刺破无尽的长夜

昨夜，我已捎去一梦春光

我把旧时多彩的记忆拿出来

同你们一起回放

光晕里依旧是从前的模样

太阳掰开我的眼帘

腮边蓄着一滴融化的液体

那是你们夜里留下的

储存画面的冰晶

这个清晨，我拎一瓶烈酒

勾兑三两春风

将它渗进你们的城

愿燃起红的火烧开一片黑色

焦土里种下思念

绿草便会长的大片大片

唱响这边的欢歌

寒食已经过去
远处传来阵阵肉香
我把风放在永恒的四月
用心去追寻还来得及报答的恩情

（四）谷雨

坐在黄经三十度
等待雨丝落上阡陌
抽出嫩绿的豆苗
桃花将春醉的一塌糊涂
踉踉跄跄走过荒原
穿过山野

阳光落下山冈那一瞬间
我看见春甩着水袖掩面而歌
琵琶已遗落在海边
那轮明月照着去年的春影
还是今年夏的娇颜

坐在乡村的月下
我等待谷雨的到来
二十三点二十九分

整整三个小时
杨花柳絮都将发酵的蓬松
伴随着明日的朝阳一起
绽放在湿漉漉的微风中

夜色已困，那就做一场梦吧
待醒来，与夏共饮一季花红

（五）立夏

莫愁春逝
只是一抹飞花落进轮回
那些忧伤的诗词已被写尽
放纵的春花太过骄横
想占据整个心

我也想着一袭红衣
站在原野上迎接最炽烈的爱情
或者如地龙松开硬冷的土壤
让夏喷发出来
一夜间，整个世界便火热起来

青蛙开始在午后

数着稻秧的棵数
燕子在麦苗上踏出欢快的舞步
缠绵的柳缤纷的花
一起奏响热烈的乐章
四季的青春开始流淌

（六）小满

当小满遇上 5.20
我在地埂上见证
南风与麦苗的爱情
每一颗初生的麦粒都是
一句滚烫的情话
在田野上流传风行

我不是一个坚定的守护者
背叛了故园沃土的心
当小满遇上 5.20
我看见麦苗间杂草叶片上
闪烁的都是我迷茫苍白的脸孔
青春被一卷行囊裹离
远了田上那些柔美摇曳的身影

当小满遇上 5.20
我早早地从梦中惊醒
暧昧的气息薰热南风
潮湿我凝视的眼睛
如今我只能是个过客
在田野上临摹那一串串
疯长的爱情

（七）芒种

雨水在原野上呻吟
躁风羞红了麦穗的脸庞
撕裂单薄的衣衫
袒露出丰满的乳房
爱情已熟透
期待粗糙的手掌握紧腰身

绮丽的梦早已惊醒
自花神缥缈而去
有多久没有听到祭拜的歌谣
缤纷的嫁衣埋葬在六月
谷物忙着寻觅
而我忙着歌唱

我本是农民的儿子
深深爱慕着大地的女儿
如今，麦穗的爱情与我无关
那些待嫁的谷物
也与田野中健硕的灵魂
定下婚约

我只有燃起炉火
抓几颗青梅煮一壶烈酒
一次次醉倒在远方欢悦的歌声中

（八）夏至

你依旧默然的站在那里
却与我隔了一年中最长的距离
不敢看你太久
只能闭着眼感受你的气息
有什么可悲伤
今日，你会给我最多的光

身上淌着炎黄的血
对光明无比的向往

每一日我都虔诚的描摹你的轨迹
一分一秒，一度一度
当你站在黄经 90 度
给我撒下成倍的光芒
我知道你即将远行南方

明天起，我的目光将缀上你的背影
每一个午后或夜晚
我们的梦里会多了许多眼泪
那是思念，无关忧伤

（九）小暑

与麦秸躺在地垅上
麦穗第一次与土壤亲密接触
就被扯去了衣裳
赤身裸体地顺着履带滑进了牢房

天空开始潮湿起来
不知是汗水还是眼泪
反复的冲刷着狼藉的田地
小麦在忧伤，农民在歌唱

粗糙的大手忘情的抚摸
气息也变得火热
拌着炸响的雷，和着倾泻的雨
攥紧一团团白皙的面
我们用臆想
捏一季火红的故乡

（十）大暑

躺在钢铁水泥铸就的笼子里
自然的美不再轻易挂满窗棂
节气只是一系列文字
印上一页页撕落的人生

昨夜，灵魂漂浮在汗水中
睁大的双眼看不见一丝梦境
天上的星辰忽明忽暗
像腐草堆里飞出的萤火虫

现在，太阳已爬上半空
火热的气息炙烤陈旧的躯壳
内里满是阴柔的感伤
小火熬一锅姜汤

只要不端在孟婆手上
我就敢一饮而尽
把前世今生一起注入皮囊

大暑以火的形态降临
秋风已在不远的路上

（十一）立秋

幸亏那声雷响在立秋的前头
幸亏那场雨只是瞬间的卷过
我们还可以踮起脚尖
翘望丰收

微凉的风一夜间沁透心脾
在燥热的血管里扎下了根
每个毛孔都呼出夏的热情
吸入来自秋的清灵与沉稳

远方的梧桐已落叶
像翩翩飞舞的凤凰
而我的世界依旧火红
只有生长的欢歌没有离别的愁

清晨，我靠在窗前凝视流云
此刻，我不关心诗歌和爱情
我只等
等秋的纤足落上我守望的身影

描摹屈原

（一）天问

你昂起不屈的头颅
问尽世间不可问之事
日月星辰何以不坠落
九州大地何以会倾斜

天地也是物啊何必高高在上
圣君也是人啊何必盲目信仰
你用一百七十数疑质问苍天
凡夫皆污你桀骜疯癫
既然这一双明亮的眼不许睁开
忧郁的心怎能洒进光来

当世界一片混沌
清醒的灵魂就是一种罪行
逆还是顺
只能以苍天之名问问

（二）九歌

一支笔修出神灵
描画了多少仙子的颜容
云中君出沐轻舞
湘夫人驾舟寻君
你还说你不是来自九霄
怎么能将这些秘事清晰知晓

一首首悠扬跌宕的歌谣
在祭神台上回荡
你深邃的目光穿过女神和山鬼的面庞
跌落在洒满鲜血的丹阳
一曲国殇引渡万千鬼雄

祭坛魂幡依旧飘摇
恢宏的九歌却成为了绝响

（三）离骚

扯一把江离芷草披在肩上
快鞭抽打马儿奔向你理想的国

将尧舜的圣光揉进胸膛
将桀纣的邪恶踏碎在脚下

你用花露濯洗肉体
茂盛的生命溢满芬芳
可是在燕雀的国度里
鸿鹄只是异端而已

你用酒把自己的嘴唇灌醉
不让它吟诵奇怪的诗文
可是你管不住自己的梦境
呓语出卖了你的良心
龙马啊,载着良人走过河泽
凤凰啊,衔着旌旗插遍山野

既然故国容不下你的心神
何必牵挂这断肠的凡尘
你熄了涅槃重生的火
将自己埋进冰凉的汨罗江
做一个毫无牵挂的水鬼
冷冷的看龙舟无助的徘徊

七一．共产党员

你是南湖泛起的细小浪花

集结着　推动那艘渔船快速起航

你是原野燎起的微弱星火

簇拥着　燃烧起映红东方的火光

你是草地上那生锈的鱼钩

垂钓着　必胜信念和铁一样担当

你是大雪山那晶莹的丰碑

书写着　不屈斗志和悲壮的篇章

你是润物的雨，你是惊天的雷

你是战鼓声声，你是清风阵阵

你是刺破黑暗的灯

你是横跨天宇的虹

你就是你，你是共产党员

你是南泥湾垦荒的镢头

你是三湾村整编的镰刀

你是遵义扭转乾坤的会议

你是枣园开遍枝头的芬芳

你是炮火中响彻云霄的义勇军进行曲

你是反围剿路上豪气冲天的七律长征

你是上甘岭转一圈没吃完的那个苹果

你是步话机里传来的那一句向我开炮

你是天安门城楼上喊出的人民万岁

你是党旗下庄重的宣誓为人民服务

你是洪水中手拉手筑起的人墙

你是泥石流高举起孩子的臂膀

你是洗刷旧社会烂疮的清泉

你是染在国旗上艳红的鲜血

你就是你，你是共产党员

你是长在华夏沃土的一棵大树

或许也会长出些许旁枝

但你有挥刀断臂的决心和刮骨疗毒的勇气

你是扎根基层乡野的一株小草

或许也曾经历风摧火烧

但你有野火烧不尽春风吹又生的生命力

你不止是一种称号

也不是一个人在行进

你是烙印在华夏儿女心头的无限忠诚

你用干瘦的双手扶直旧中国羸弱的腰身

你用刚毅的脊梁撑起新时代建设的蓝天
你就是你，你是共产党员
你是共产党员。

八一组诗

（一）橄榄绿

穿上这身衣裳
你就远离了懦弱的人生
烙上坚强
走进这个行列
你就抛弃了七彩的虹霓
独爱绿光
那不是平凡的绿色
那是浸在骨髓里最耀眼的光芒

那是辽阔草原马鞭抽响的热血醇厚的绿
那是陡峭山崖青松耸立的坚贞挺拔的绿
那是狂风中小草弯了又挺直腰不屈的绿
那是洪水中散了又拉紧手搭起人墙的绿
那是边疆岗楼除夕夜里站成保护伞的绿
那是火场里抢夺生命绽放成太阳花的绿

那是青春的绿

那是生命的绿

那是坚守的绿

那是不悔的绿

那是保家卫国的苍松绿

那是维护和平的橄榄绿

（二）今天，遂想起

走在鹿城平坦的柏油马路

车水马龙涌进我的眼睛

嘈杂的轰鸣里仿佛看见了长征

心一片寂静

孱弱的目光漂白了岁月

一部史诗用双脚写成

夹一块鲜美的鱼肉

餐桌上掉落生锈的鱼钩

喉咙里卡着尖利的鱼刺

将鲜血吞下去

将敬仰喷出来

倒下去的老班长闪着金光

我看不清他的面庞

只感觉他的背影和那些依旧跋涉的军人一样

踏上巍峨的高山
抚摸冰凉的岩石
远方那突出的崖壁
仿佛竖起晶莹的丰碑
爬过去，就翻越了黑暗
走进了黎明

八十年的风扫落阴霾灰尘
八十年的雷淬炼英烈忠魂
马蹄声声并没有远去
炮声隆隆依旧在耳中
大渡桥横铁索犹寒
爱国的情感如暮鼓晨钟

透过泪眼朦胧
我伸出有力的双手
触摸那段艰苦却不屈的印痕
我期待震天的脚步声
响彻那段追梦的征程

七夕·情思

（一）长相思

如果当初能够不见
我就不必数着星辰将你思念
虽然爱情会因此残缺
却也少了无数个被目光漂白的夜

岁月是把无情的剪
将生命裁成零碎的画面
我把初见的那一幅贴在眼睑
睁眼闭眼都是你最初的容颜
可心已被红尘浆洗的发白
烙印的是那惆怅的夜晚诀别的月

可惜没有太多如果
我们还是不可饶恕的擦肩
只是那么一瞥
便染上无可救药的相思的疾虐
数百日的疼痛换得一次相见

你依旧美丽我已非少年

蹚不过去的河暂且留给来生
这一世我们便流连堤岸
趁相思还未刺穿我的心脏
趁我还未老到将你忘却
画下你的轮廓
挂在我胸前

（二）盼相见

把目光拉成线
穿过年轮的针眼
编织思念，编织最浪漫的相见

把忧伤撕碎
把你藏在最深的伤口
装作遗忘，装作从未流泪苦恋

就这样伪装着笑颜
一边欢歌一边任心凋谢
那一座鹊桥像锯
将我们的爱情反复割裂

不要说相见不如怀念
因为有这一天
我才能忍受灵魂在无数次冰冷中
保留一丝温暖和清明
等待与你的相见

（三）爱离别

望着弯月，我已开始无眠
为了煎熬过的三百多个日夜
黑的天没有眨动着眼
那些璀璨夺目的星星点点
浮上天河召唤喜鹊

你是否准备好足够的泪水
浸泡我的思念
你是否也像我一样
把拥抱后的别离提前演练
你是否早已伫立在河畔
等着和我一起说那句：
银河等待我多少天
我便等了你多少天

等待不止喜相见

等待也有爱离别

一年一夜，一夜一年

第四章　故乡印记

剪一方斜斜的月亮
将回忆再一次绣进梦乡
那里没有山风呼啸蝉虫鸣唱
只有浅浅的画面浓浓的忧伤

我的塞外

江南的春不染烟尘
似娇柔的女子着一袭青花瓷
轻轻袅袅走来
我的塞外
春光在雪花飘摇中苏醒
呼啸的白毛风一路驰骋
滚烫的心温暖了满池绿水

江南的夏荷塘弄影
杨柳细丝如醉后媚眼
舞出万种风情
我的塞外
热情的胸怀只为心上人敞开
她把火红的爱情揉进格桑花
沿着长长的河畔一路绽放

江南的秋雨爱上
开满油纸伞的小巷滴滴若珠
弹响斜抱入怀巧遮娇颜的琵琶

我的塞外

秋风一夜间吹黄了山岗

羊群结伴从天边涌来

含羞的向日葵等待着它的新郎

江南的冬似乎从未来过

偶尔雪落留香

雕出傲寒高洁的梅骨

我的塞外

冬天肆意横行

西风在荒野中游荡

松枝在大雪中遗失了衣裳

我的塞外

就这样粗犷

一手扬着牧鞭抽落惆怅

一手撕开衣裳袒露胸膛

混着汩汩流淌的炽烈而浓郁的酒香

在风雪迷茫的黄昏

遥望着南方……

我的城

黑麻板，在长生天的眼里
只是一所简易的房子
在我的眼里它是一个城

它有我的父母亲、兄弟姐妹和朋友
有我童年扔出的石子埋下的木块
有我少年披戴的星光踏落的夕阳
有我青年缔结的爱情离乡的泪光
它是我雕琢灵魂的根
是休憩心灵的我的城

山窝背后的酸枣刺扎破如水岁月
地垄边上的苦菜花妆点青涩年华
秋风薰黄的油札蒙炝拌村野滋味
寒冰层下的山泉水煮出清淡人生
空中飘过的白云、花枝飞过的蜻蜓
水洼蹦跳的癞蛤蟆、草尖滑过的蚱蜢
我的城，记忆里溢满的都是纯

如今，这城里已没有我简易的房子
可还有那二道沟吹出的野风
拂过我家原来那片房的屋顶
还有窗前摆动的风铃唱着阵阵乡音

如今，我已离开这座城
可还有那火辣辣的乡情牢牢牵引
那旧居檐下筑过窝的燕子无数次从梦里
载着我向我的城前行

2016，让我们相约在包头

（一）

朝阳的温热敲响雕花的窗
巴彦塔拉像开业的集市
渐渐匆忙
穿过工业路，走过东门大街
我在清真寺的钟声里
向着故乡的方向前行

纷飞的雪花像洁白的哈达
轻搭在大青山挺拔的肩膀
走在崎岖的小路上
隔着霾，我凝望故乡
一步一步
用最原始的方式丈量
乡愁有多长？

（二）

马头琴拉落最后一缕阳光

驼铃声与月亮一同缀上梦的山岗

鸿雁的哀鸣打碎脆弱的心房

天涯万里隔不住频频回首的目光

黄河渡口的风吹响悠长的口哨

南海湿地的鸟唱起欢快的歌谣

母亲夜色中伫立门口微笑

她说腾飞的包头是我们永远的家

即使他乡再怎么繁华

也不会像她这样深地将印迹

铭刻在我们的魂上

（三）

等到春暖花开

让我们相约在包头

穿过钢铁大街的喧闹

在赛汗塔拉来一次完美的邂逅

晴朗的天气像淡妆的女子

清新的呼出鹿城的芬芳
蔚蓝的天空
碧绿的树丛
粉嫩的花儿
一半留在画上，一半写进诗中
在这里，我们可以
肆意的呼、肆意的吸
肆意的将这一切美好
私藏在记忆里

若是喜欢登高
我们就一起攀那座座山峰
领略梅力更的清灵
九峰山的迷蒙
站在大青山的巅峰
抚摸历史的脉纹
听听朗朗的歌谣声
敕勒川，阴山下
天似穹庐，笼盖四野

春坤山扬起馥郁的药香
马鞍山托起秀美的胡杨
秦长城挺起固阳的脊梁
深吸一口

嗅那石缝中渗出的悲壮

可看见蒙恬点兵

燃起杀敌保家的狼烟

可听见孟姜女哀哀的悲泣

伴着长城轰然坍塌的巨响

要是喜欢看水

我们就去南海湿地

波光潋滟的水面上

珍稀的水鸟自由徜徉

我们可以坐在水边

就着咸湿的风

品尝开河鲤鱼的鲜香

（四）

等季节变得滚烫

让我们相约在包头

田地里翻滚金色的麦浪

陪着盛开的向日葵

对着太阳一起歌唱

美丽富饶的土默川平原

在盛夏里缓缓展开画卷

大雁滩飘溢金杏的清香

美岱召将三娘子的美名传唱

顺着五当召的山路

我们追寻罗布桑加拉错的足迹

他以无上的悲悯

让荒地盛开圣洁的白莲花

这错落有致的庙宇

这绕梁不绝的梵音

浸满布达拉宫的神韵与安详

逃离喧闹的都市

我们一起走进心灵的牧场

静静地躺在迷人的希拉穆仁河畔

看云卷云舒

听草尖虫唱

百灵庙的铃铛

在呼和浩特南来的暖风中

摇响

河水伴着宁静悄悄流淌

近处的水鸟

远处的蒙古包和牛羊

都是我梦里恒久的故乡

（五）

瓜果飘香
整个城市熟透的时候
让我们相约在包头
我会撇开山山水水禅音缭绕
牵着你的手
带你走进自然的怀抱

摘两个沙尔沁的辣椒当作耳环
海岱的紫皮蒜漾起项链独特的风骚
路过东园碧玉萋萋的菜地
莎木佳的葡萄挂起晶莹的玛瑙

走在熟悉的土地上
我将目光钉进这生命开始的地方
白云依旧自由飘荡
泉水依旧叮咚作响
一草一木依旧是我梦的主场

（六）

雪花飘落在脸上
让我们相约在包头
放下所有的牵绊
懒洋洋的等待日头将我们唤醒
盛一碗杀猪菜
烫一壶金骆驼
盘坐在热炕头
将欢笑与乡情融进烈酒中
一饮而尽
饮尽了憨厚
饮尽了乡愁
饮尽了人生滋味
醉他个春夏秋冬
2016，让我们相约在包头……

东河组诗

（一）

我走在我的那条河

那条河是听着《敕勒歌》长大的河

那条河是看着阴山岩画启智的河

那条河是唱过黄河之水天上来的河

那条河是映过落日圆孤烟直的河

那条河从阴山山脉逶迤而来

那条河往黄河渡口娉婷而去

那条河在龙泉寺百转千回浸润龙脉

那条河在后套地千秋万载造福苍生

那条河曾经船舶匆忙人声鼎沸

造就了连通八方的水旱码头

那条河曾经水草丰美鹿鸣呦呦

孕育了包克图两百多年的崭新生命

那条河唤作博托

如今消瘦的近乎干涸

羸弱的身躯撑不起厚重的历史

那条河在城的东边

我们也叫它东河

（二）

我走在我的那条河

沿着东河槽一直向北

顺着博托河的遗迹寻觅老包头的记忆

东河村依旧在这里

却听不到有人唤你代州营子

转龙藏依旧在这里

却看不见龙头清泉潺潺

那龙泉寺何时能重新香火旺盛

那玉皇顶是否能想起曾经来过的冯吴二人

可是我知道

那抵御外侮抗争不屈的气节

就是从这高高的玉皇顶顺着转龙泉水

一直流进包头人的血脉中

泰安客栈，若飞点燃革命燎原星火
福徵寺里，裕智建立中共包头工委
广化寺内，贺总打响绥包战役枪声
我知道，这都是向英烈先辈致敬
我知道，这都是龙的精神在沸腾

我继续前行，继续抚摸记忆的面容
清真寺依旧在这里
它不言不语，淡然的见证
二十六个民族、五大教派和谐相处的奇迹
吕祖庙依旧在这里
香火鼎盛，玄妙的阐述
佛道合一的真谛
我知道，他们赋予老包头深邃的文化底蕴
我知道，他们赐给东河人仁和的处事箴言

我就这样慢慢走着
走过东河两镇、十二街道
我听到了大地、庙宇诉说辉煌的过去
也看到了残垣、断壁呈现颓废的痕迹

东河，我可爱的母亲
你用丰美的乳汁将包克图养育健壮
操劳让你并不衰老的容颜如此沧桑

我知道，负重的你追不上儿子轻快的步伐
踯躅徘徊中你忍受多少冷漠的目光

东河，我可怜的母亲
我也曾厌恶你肮脏的衣衫粗俗的言行
也曾嫌弃你步履的缓慢生活的贫穷
当我走过这条崎岖的历史小径
浮躁的心头满是愧疚与刺痛

东河，我可敬的母亲
你缓慢但坚定的步伐让我颤栗
慢些走莫慌张
你的儿女等着你
不埋怨不埋怨不埋怨……

（三）

清风徐徐，阳光轻轻的洒上山梁
克强总理打来温热的水
为你擦洗布满风尘的脸庞
成千的儿女四面涌来
为你整理衣衫打扫杂乱的老房
忙碌的身影走落一千多个夕阳

我们扫去那沉积多年不堪的过往
我们铲掉那缠绕你难眠的脓疮
而承载你记忆书写你辉煌的物件
依旧完好的摆放在你身旁

一幢幢高楼是你崭新的衣裳
一处处公园是你乘凉的地方
道路更加通畅，视野更加宽广
你可以轻松愉悦的去你想去的方向
但是，母亲
距离我们对你的承诺
还不够还不够还不够……

（四）

我们要为你架设宏大的电厂
让明亮的灯光驱散你老屋的阴暗
我们要为你规划便利的空港
让远亲近邻能时刻与你唠唠家常
我们还要为你搭建立体综合枢纽
让你能快速的追赶时代前进的脚步
我们还要为你打造百亿元的工业园、物流园

让川流不息的车辆重现码头繁华的景象
我们还要为你做很多很多

东河，我伟大的母亲
让我们一起
等待着等待着等待着……

黄河南黄河北

躺在泛潮的土地上
将手伸进黄河水
在春风快要脱缰的日子
和着耕种的车鸣声吼一句
醒来，我的黄河

浑黄的眼扫过南北
入目都是一片辽阔的沃土
苏醒的河水映着两岸的心
你给我杨柳雄壮的身影
我送你喜鹊欢悦的歌声
别说思念太浓
这条河隔不住翘望的眼神
云在天上鱼在水中
怎捎不过一份滚烫的情

若你想抚摸我的脸颊
你且等着
渡口的小舟已沉

我带着守夜的犬一起泅渡黎明
若相思太急
你便在下游打捞我放开的瓶

我在包头等你

（一）

鹿鸣呦呦，草木萋萋
当浓浓书香薰醉七月
捧起洁白的哈达
我在热情的包头等你

全羊金黄，奶茶浓香
跳跃的篝火映红喜悦的脸庞
拉起悠扬的马头琴
一曲长调带你品味草原的老腔

端起圣洁的银碗
一口饮尽甘烈的芬芳
且莫醉倒在草原
我们一起去看不一样的鹿城风光

（二）

雄鹰翱翔，是我们俯瞰的眼睛
微风轻扬，为我们插上翅膀
我一手扬起草低见牛羊弯弓射大雕的粗犷
一手描画水绕堤岸绿花开十里香的旖旎

美丽的包克图是一部百科全书
有草香弥漫骏马奔腾
有山峦青翠波光粼粼
有钢花闪耀高铁驰骋
有都市繁华乡村静谧
有书声朗朗禅音袅袅
每一页都绽放着青春的活力
放牧着包头人的心灵与梦想

（三）

蓝色从天空流到水面
绿意从枝头散入风中
当墨香从书页漫进心里
我在纯净的包头等你

赛汗塔拉呼出鹿城的芬芳
一草一木书写灵动的诗行
南海湿地映出西湖的模样
淡妆浓抹描绘别样的风光

希拉穆仁的野风拂去浮躁的灰尘
转龙藏的清泉孕育一方人杰地灵
九曲黄河水千里塞外土铸就
二百七十万淳朴刚毅的包头魂

深情的《草原牧歌》可以证明
辽阔无垠的敕勒川有着宽广的胸怀
大气磅礴的《包头赋》可以证明
工业崛起的包克图也有诗经的文采

呵，亲爱的朋友
当书韵伴随山丹花飘香
我就在温馨的包头等你
一起将灵魂和思想点亮

剪月亮

剪一方斜斜的月亮
绷上半掩的纱窗
捻几缕暖风的线
我用思念绣那久别的家乡

绣出巍巍的山峰清泉流淌
绣出平整的地垅麦穗飘香
绣出悠闲的黄昏炊烟袅袅
绣出静谧的夜晚星光荡漾
绣出淳朴的乡邻笑意盈盈
绣出嬉闹的伙伴纯真面庞

剪一方斜斜的月亮
将回忆再一次绣进梦乡
那里没有山风呼啸蝉虫鸣唱
只有浅浅的画面浓浓的忧伤

听雷响

那声雷一响

我就掉回了故乡

窗户纸婆娑着抖落一地惆怅

童年的记忆很短

摇曳的烛火中模糊的是老院的模样

那声雷一响

我又掉回了故乡

玻璃窗拽进了明晃晃的闪电

那奔跑的雨滴和此刻屋外的一样疯狂

只是多了丝混合羊粪味儿的青草香

那声雷一响

我却不敢掉回故乡

那片土地仍和从前一样

我只怕孩子们投来迎客的目光

希拉穆仁印象

（一）

马粪，矮草，裸露的河床
银碗，哈达，美丽的姑娘
我们在马奶酒里发酵了思想
一声声长调呼唤着谁的故乡

有鹰掠过天空
翅膀剪断几缕白云
我忽的想起了游子的眼睛
就像鹰一样彷徨忧伤

希拉穆仁热情奔放
倾慕者的脚步踏碎无数个夕阳
吮吸，吮吸
召河，干瘪的乳房
布满了激情后的淤伤

夜在篝火里疯狂

发泄的喊叫忘情的旋转
握住的不知是谁的手
放不开的冰凉
眼睛里没有清晰脸庞
都是欢笑的模样

火熄灭，高潮退了
草原睡在枕边
安详

（二）

推开窗，天空比草地更悠闲
夜黑的没有一丝杂色
星离我很远
如同纯净的希拉穆仁
远远脱离喧嚣纷杂的红尘

不远处两匹马依偎着静默
静默是草原最朴实的爱情

（三）

天泛亮，目光比肉体更觉得清凉
席地而坐等待崭新的太阳
没有雾霭，没有水汽
天边那抹金黄绽放在草尖上
一瓣，两瓣，三瓣

没有负重的感觉
太阳轻而易举地怒放
潮湿的寒气从体内潮水般退去
我看清了更远的地方
稀疏的草丛，疤样的土丘
在暖光中难掩行踪

这不是我魂牵梦绕的草原
但我感受到了毫不做作的真诚
就如灵魂
凝实的过程总伴着缺憾
完美终究是一场幻梦

此时此刻，沐着光，淋着风
听着长短起伏的咩咩声
我开始无拘无束的犯困

草原轻唱

（一）

比无际草场更辽阔的是
牧民淳朴宽广的心房
比塞外野风更绵长的是
草原长调悠扬的老腔

骏马欢快的飞驰
踏低没蹄的野草
踏落天边的夕阳
却踏不出姑娘深情地目光

一声声吟唱像一支支套马杆
圈住流浪的心捂在雄壮的胸怀
长调响起的夜晚
爱情如疯长的野草一般闯进梦乡

（二）

马头琴拉响的时候
篝火映红客人的脸庞
蒙古包升起袅袅炊烟
弥漫着牛粪和草的清香

阿妈倚着帐篷
目光越过弯弯的月亮
流泻在草地上的思念
漾起温馨的波浪

百灵鸟唱起歌的时候
雄鹰的翅膀划过朝阳
我愿向它借一双明亮的眸
把魂牵梦绕的故乡日夜瞭望

（三）

格桑花爬上雕花的窗
马奶酒饮醉骏马向往的远方
城市的霓虹太过闪亮
游子寻不到指向草原的星光

远处的炊烟弯曲盘旋
像阿妈的手召唤我返回毡房
门前飘荡的山丹花香
遮不住心头浓浓的忧伤

我只好等待秋草枯黄
向南飞的鸿雁借一支尖利的喙
啄我的唇飞回故乡
让我可以满怀深情放声歌唱

青春草原

（一）

我用梦丈量青春
用骏马载着草原奔腾
我用笔描摹风景
用长调呼唤羊群白云
我用心盛放天空
用套马杆捕获质朴的爱情
我用诗吟诵生命
用马头琴拉响草原的情韵
这都是我喜欢做的事

穿过干涸的河流
迎着炽烈的野风
我的灵魂也会长成茂密的草丛
因为那裸露的河床下
潜藏着我曾经年轻的血液
那也是茫茫草原的青春

（二）

离开草场
心就飘浮在天上
我开始习惯无病呻吟的歌唱
就好像捧着洁白的哈达
高举过头的银碗里却斟满了冷水一样
那些刻意写下的文字
连牛粪都不如
点不燃夜晚狂欢的篝火

好久没有在夜色降临时
唱起《在那遥远的地方》
好久没有站在山顶上
眺望远方的牧羊姑娘
自打青春从鹰背上掉落
我的生命连同爱情一起
变得苍老而荒凉

（三）

坐在潮湿的草地上

仰望星光

远方隐约传来马头琴的声响

羊群在呢喃

牧马立在梦乡

我游离在梦醒之间吮吸草的清香

风拂过草尖落上我枯涩的心房

温柔、悸动、欢畅

融进热恋的草原

我就换上青春的模样

第五章　诗眼禅心

千年的轮回只是一场修行
我闭上清明的左眼便是皈依
我睁开热烈的右眸心向自由

因为有你

前一生我佛前扫叶

扫落无数凡尘

夜夜独坐莲台

看一豆青灯燃落星辰

前一生我纵马江湖

斩尽世间不平

日日挑灯看剑

唱一曲笑傲醉卧寒衾

前一生我满腹经纶

舌绽妙文如莲

句句四座皆惊

捧一卷竹简读到天明

前一生如幻梦

千般精彩万种荣耀

如云如沫如风

到终了逃不过一捧黄土

一座孤坟

这一世我步履轻轻便到天涯
这一世我小船悠悠即达海角
这一世我淡酒熏熏暖了冬雪
这一世我清茶袅袅醉了春梦

这一世我遁身红尘不求入圣
这一世我漫卷诗书疯癫人生
这一世我睁眼可见锦绣华年
这一世我闭眼便是恬淡安然

这一世如梦醒
活得平淡爱的简单
如水纯净如酒香浓
不奢望花团锦簇富贵临门
不执着功成名就才子佳人

这一世种种
不是佛前参禅修的善因
不是顿悟成圣勘破红尘
而是因为身边有你
伴我前行

生，执子之手走落夕阳
死，与尔化莲并蒂而生

坐在凡尘枝头

那树立在红尘的流年
根扎在佛祖的心田
叶探在凡夫的眼前
每一次叶的摆动勾勒出风的身影
那也是禅的形

你坐在高高的枝头
双手合拢圈住了出离的心
抬眼望着流云
寻觅佛的踪影
原以为很近
却远离了那颗佛心

禅熟在凡尘的枝头
每一颗都不相同
你以为最顶端那个离佛最近
因为它离你最远
你坐在凡尘的枝头
望着禅日益虔诚

枝头的禅无人采摘
熟透了落进土里
仰望的眼里再没有佛的印迹
那天叶落飘零
下坠的姿态也那样欢欣
透过飘悠的轨迹你看到轮回

跳下来，踏足这土地
弯下腰身将禅拾起
那一刻
禅在手中，佛就是你

左眼成佛，右眼化魔

昨夜我长跪佛前祈问
双眼为何睁闭不成
野风翻不动梵音低唱的经文
却打碎红尘的壶
凡世的情皆如酒
浇醉微闭迷离的眼神

月光有毒肆意的催情
酒香里我摸到自己的乾坤
千年的轮回只是一场修行
我闭上清明的左眼便是皈依
我睁开热烈的右眸心向自由

繁花如锦的人世间我肆意飘游
心在沉迷与挣扎中淬炼潜修
友情放在左房爱情放在右室
其余情仇一笑悠悠
功名漂白浑浊的眼
利禄磨光生涩的心

胸口莲台不覆尘埃
只端坐自己的身影
何必再问
千年之前谁是我的魔
千年之后我是谁的佛

我左眼成佛右眼化魔
睁闭开阖间我把自己反复超脱

苦 海

那一夜
我梦见衰老的青春
披着金色袈裟驾着七彩祥云
在如潮人流中追寻

谁的咒撕裂灵魂
我挽不住刺痛的爱情
若生命无情无欲如沫如风
超脱凡尘又为谁的果又是谁的因

苦海，爱恨翻涌
每一朵泛起的浪都是一场欢梦
你说婆娑世界有憾才真
可不经红尘不得圆满怎算修成
那些五彩斑斓的情若花
有温暖芬芳的绽放
有凄寒伤感的凋残
我不屑片叶不沾身的虚妄
将每朵花影每缕花香葬入心田沁入骨髓

一起体悟千百次的轮回

任经声如刀剐割我的灵魂
跳下盘坐的云端
我跃入红尘泅渡
苦海无边，何需回头
随心而动，我就是岸

生若烟花

一支曲刺穿夜无光的幽静
一声唱扰乱佛枯寂的禅心
谁的泪穿过黄泉依旧澄清
谁的影走过奈何三生不泯

情相守心迷乱似醇酒醉透
爱别离长相思把夜空望断
你一句承诺
她一生作伴
一盏残灯怎度化两颗凡心

那誓言如冷风
翻乱你沾染灰尘的经文
那期盼若皎星
黯淡她无心照看的青灯
三千青丝落尽
只想捻一段姻缘的绳
穿起那不愿落入尘埃的爱情
雨纷纷，故里城门她依旧等

你听闻，他乡断肠你难近身
你不敢死去她不敢出寻
只害怕这缘分不经意擦身

夜深沉总会迎来黎明
光灿烂难寻烟花迷人
你踏出囚禁灵魂的活墓
想象着执一杯酒听一曲古筝
入眼处只觅见一座孤坟
月光下萦绕断肠的笛声

生若烟花，烟花易冷
有来世便斩断羁绊为爱相拥
即使短暂也是永恒

那一年

（一）

那一年，我缀在青春的枝头
等待爱情到来
可岁月的风吹的太凌乱
娇花在目光的远处盛开

那一年，我跳下候车的站台
踩一支笔御风飞行
追逐目光仍可及的身影
以为修行可得正果
怎料遇见的都是仙人
一符符闪电皆化流尘

那一年，我咬破舌尖滴落精血
用诗歌画道五行搬运挪移爱情
符纸贴满虚掩的窗棂
月光却如水
轻易冲刷掉一纸胆怯的划痕

那一年，捡起落满一地的道符

浸血淬炼贴在我黯然的灵魂

将道心封禁

从此，我的诗歌变得残缺

写不出一个完整的符文

（二）

那一年

目光越过流云

坠落在灿若繁星的眸中

想击起些微涟漪

却被清风拂的无痕

那一年

扫净门前落叶

积满地纯净清新的香雪

想拓下轻盈的足迹

却被鸦鹊涂的无形

那一年

在床头写满诗句

记载你回首一笑一颦
想待你长发及腰倾诉衷肠
却被岁月剪落你三千青丝

那一年
秋风扫净尘埃
花瓣落满窗棱
枯灯下禅音里
我把陈旧的金缕衣祭上佛台

叶从枝头落下

叶从枝头落下
旋转的姿态同鲜花绽放
一样优雅
飘过尘埃
飘过阳光
飘过我忧伤的心房

叶从枝头落下
没有不舍和彷徨
它脆弱的枯黄撞碎我
挽留的目光
摇曳着
在风中欢快的歌唱
我不知道在生命的尽头
它为何没有一丝悲伤和害怕

叶从枝头落下
静静地躺在树根旁
我看见一缕金黄的气息

顺着树干流淌

向上，向上

凝聚成又一片树叶的模样

美食人生

（一）煎饼

把自己轻轻摊开
紧贴着世俗的饼铛
炙烤是快速成熟的途径
不要包裹的太过厚实
学会放低，学会转身
才会内心成熟外表诱人
当自己散发出阵阵香气
你会发现
单纯一些简单一些
最好

（二）面筋

将洁白如玉的身体反复淘洗
美丽一点点剥离
这是个枯燥且痛苦的历程

你开始迷惘
不知道自己的价值是什么

只有再痛苦一些
让滚沸的生活蒸腾片刻
光亮的面皮是淘去的浮华
在多彩醇香的佐料衬托下
浓郁爽滑

剩下那粗糙简陋的面团
才是最初最本质的精华
灵魂也是一样
凝实精炼的总得经历捶打
总是一副千疮百孔的模样

（三）稍美

你绽放成含苞的姿态
将人生的味道收拢在心怀
晶莹剔透美的不可方物
温润的碟盛你如莲

斟一杯酽酽的砖茶

饮下浓郁的芬芳
浑黄的颜色衬你出尘的清癯

一笼稍美，一壶浓茶
吃出人生百味
饮尽仙骨道心

（四）东坡肉

红尘里打个滚
沾染青春的绚丽
然后沉下心
让时光慢起来

将原本油腻的欲望耗尽
将岁月浓重的香味浸透灵魂
生命开始变得通透
无需蜚言用力刺穿
只放上舌尖
便可融化

（五）荷包蛋

首先得跳入温吞的尘世
渐渐适应超脱自我的高温
鲜嫩的生命在不断的淬炼中收拢
保护自己那颗不愿变的心

成长的淬炼不是用烈火
那样的焚烧收获的只是一捧焦化品
荷包蛋用不断加热
完成由稚嫩到成熟的提升

这历程，像我们……

（六）烤羊肉串

在火焰上打滚
没长成钢铁的模样
描着浓浓的烟熏妆
火辣辣的诱人

厚重的浸染与装饰下
谁能看出你的本心

甚至你的根骨是否名副其实
我们都无法猜度

烧烤吃多了对身体不好
伪装的灵魂太沉重太扭曲
虽然刺激的口味带来无限快感
却容易让人在欢愉中悄然致命

一人一乾坤

站在光暗交替的黎明
我把自己反复辨认
立于天地间的数尺身躯
自成一道乾坤
每一寸皮肤都萦绕着禅意梵音

眼的白是纷繁世界的混沌
瞳的黑是固守初心的本真
黑与白的缠绕将灵魂淬炼成
淤泥里挺直腰身的青莲

左耳收拢五光十色的人生
右耳散去扰乱心境的杂音
大脑的每一道褶皱
都蕴藏着通往彼岸的一条幽径

左手拈来如麻的岁月
右手理出清晰的光阴
十指合拢

我将生活过成一卷简单的梵经

一只脚迈向开拓的前
一只脚停在守本的后
悠然进退间
懵懂的心日益清明

而我一张口
即使历经几多风雨几多轮回
依旧吐出属于自己的如莲的文字
无关华丽与朴实
无关真假与浊清

后　记

　　这本诗集的成型，实在是充满了许多波折与辛酸，它不仅仅是简简单单的一本书，也是我挥起利刃解剖自己灵魂的一个过程。

　　编这本书，从筹划至今，已经走过了二十个年头之久。二十年，相对于季节，只不过是春夏秋冬的几个轮回罢了，而相对于人生，却应该是一段足够漫长的历程。二十年，我从十八岁迈进了三十八岁的门槛。岁月，除了留给我一些深深浅浅的鱼尾之外，也不经意地带走了最初的那份冲动。于诗，我已不再是那个充满激情的歌者。当年的种种情结，而今只是一种简单抑或浅显的吟唱。

　　为了写后记，我打开书一次次地重新审视起自己与自己的诗歌来。它们泾渭分明地分成两列，一列是青春年少或激情四溢或惆怅忧郁的情怀，另一列是人近中年恬静悠闲淡然一笑的洒脱，而中间则是一条相隔二十年的深深的沟壑。

　　那是一段背离了诗意的苍白的岁月，我知道那二十年自己也并没有虚度，也有过许多如诗的生活，只是那二十年我并没有丝毫写作的冲动，或许曾经的我在残酷的现实生活里，几乎想要放弃这种落在生命里的方式，就那么浑浑噩噩地过了二十年，过了人生中最绚烂的青春华年。

感谢我的同学师雁平，感谢包头市最美书友会，感谢会长水孩儿，感谢鹿城读书会，感谢阎丽姐，感谢一丁老师、刘钰国老师，感谢每一位鼓励我的书友。他们的每一声鼓励、每一次点赞都像当头棒喝，将我从沉寂中唤醒，让诗歌再一次从我的笔尖开始绽放。

细读每一首诗，似乎都没有了最初完成时的那种厚重与充盈，便一次次地修改再修改。即便是成型，仍然觉得是多糟粕，少精华。我也想过就止打住，那样或许也就守住了自己的浅薄，使糟粕永不示人。可身后众师友寄予的这一份深情厚望又当何以为报？那段青涩的岁月又怎么能在生命的年轮上刻下些许印痕呢？

写下这段文字的时候，抬眼已是夜灯如豆，我忐忑不安的心中竟也多了一份释然。不能面对昔日的足迹，又怎么能够触到脚下的路？

感谢生活，让我从昨天走到了今天，并且能够从今天走向明天。最后，就让我用德国诗人里尔克的一句话来结束我的唠叨——"挺住，意味着一切"。

马磊乱言于鹿城新居

2016 年 8 月 1 日